空をひとりじめ

渡辺恵美子 詩集

つるみゆき 絵

JUNIOR POEM SERIES

もくじ

空《そら》をひとりじめ

空《そら》をひとりじめ　6
星《ほし》の輝《かがや》く夜《よる》に　8
春《はる》は　まだ！　10
おしえて　12
地下鉄《ちかてつ》のネズミたち　14
まほう使《つか》いだね　16
サンタさんに会《あ》えたら　18
ママだけのサンタクロース　20
サンタさんに会《あ》いたいな　22
心《こころ》のなかみ　24
左手《ひだりて》の手《て》ぶくろ　26
長《なが》ぐつのお出《で》まし　28
シュークリームのスワン　30

先生《せんせい》大好《だいす》き　32
歩行者天国《ほこうしゃてんごく》　34
できたらいいな　36
一円玉《いちえんだま》の使《つか》いみち　38
こわいのに　40
にらめっこ　42

自転車《じてんしゃ》がんばって

自転車《じてんしゃ》がんばって　46
タイヤがかわいそう　48
自転車《じてんしゃ》がほしい　50
あまのじゃく　52
くやしい　54
ふりをする　56
ハサミは　歩《ある》けない　58

うそをついたら　60
きょう席《せき》がえをしたんだよ　62
びょうきになると　64
おでこの体温計《たいおんけい》　66
私《わたし》がうれしく思《おも》う時《とき》　68
ママとお出《で》かけする時《とき》は　70
グッドニュース　72
似《に》たもの親子《おやこ》　74
おまじない　76
かあさんのみかた　78
背中《せなか》のこ・す・り・っ・こ　80
へそが茶《ちゃ》をわかす　82
お楽《たの》しみは最後《さいご》　84
メガネとかくれんぼ　86
あとがき　88

空《そら》をひとりじめ

空《そら》をひとりじめ

飛行機《ひこうき》はグングン高度《こうど》を上《あ》げて
雲《くも》をつきぬけた
そこは澄《す》んだ水色《みずいろ》の空

小《ちい》さな窓《まど》から
見渡《みわた》す限《かぎ》り　空　空　空
果《は》てしなく広《ひろ》がる空
雲は　はるか下《した》の方《ほう》

私《わたし》の乗《の》ってる飛行機だけが
うなり声《ごえ》をあげている
誰《だれ》にも邪魔《じゃま》されず
飛行機さまのおとおりだ

星《ほし》の輝《かがや》く夜《よる》に

風《かぜ》が強《つよ》く吹《ふ》いた夜は
都会《とかい》の空《そら》にも星がまたたく
白《しろ》くほのぼのとした星の光《ひかり》
じっと眺《なが》めていると
すいよせられてしまいそう
死《し》んだ人《ひと》は星になるというけれど

とうさんは　どの星？
かあさんは　どの星？

春《はる》は　まだ！

ほっかりと
やわらかい風《かぜ》
もう春かな？　と　桜《さくら》のつぼみ
ピンクの頭《あたま》を　のぞかせた

咲《さ》きたくて　咲きたくて
ふっくら　ふくらんだけれど
まだまだ寒《さむ》い　桜のつぼみ
ピンクの頭がふるえてる

おしえて

キリンさん　キリンさん
首《くび》が伸《の》びたの　いつですか
ちょっと聞《き》いてみたいのに
なかなか耳《みみ》に届《とど》かない
無理《むり》して背《せ》伸びをしたけれど
まだまだ全然《ぜんぜん》届かない

キリンさん　キリンさん
首を　いっぱい伸ばしたら
そこから何《なに》が見《み》えますか
どんなに首を伸ばしても
ぼくの家《いえ》は見えないね
ノッポビルに　じゃまされて

地下鉄《ちかてつ》のネズミたち

地下鉄を待《ま》ってると
時々《ときどき》　ネズミがチョーロチョロ
線路《せんろ》の上《うえ》を走《はし》ってく

どこから出《で》て来《き》て
どこに消《き》えるのか
逃《に》がすまいと目《め》で追《お》うが
ネズミの速《はや》さに追いつけない

夜中《よなか》は　きっと　ネズミの天国《てんごく》
ネコの来《こ》ない地下室《ちかしつ》で
地下鉄にも邪魔《じゃま》されず
宴会《えんかい》で
盛《も》り上《あ》がったりするのだろう

まほう使《つか》いだね

手品《てじな》をするおじさんは
まるで　まほう使いだね
まほうのつえは持《も》ってないけど
両手《りょうて》で〝えいっ〟と気合《きあい》をかけたら
からっぽの箱《はこ》から
いろんな物《もの》が出《で》てきた
花《はな》　ボール　紙《かみ》ふぶき

赤《あか》い紙を取《と》り出《だ》して
こなごなに　やぶいてから
まるめて左手《ひだりて》に持った
右手《みぎて》で〝えいっ〟と気合をかけたら
もとの紙に戻《もど》ってた
もう一度《いちど》まるめた後《あと》に広《ひろ》げたら
長《なが》い長い　ふきながし

よそ見《み》もしないで　じっと見ていたけど
まほうをかけたとしか思《おも》えなかった

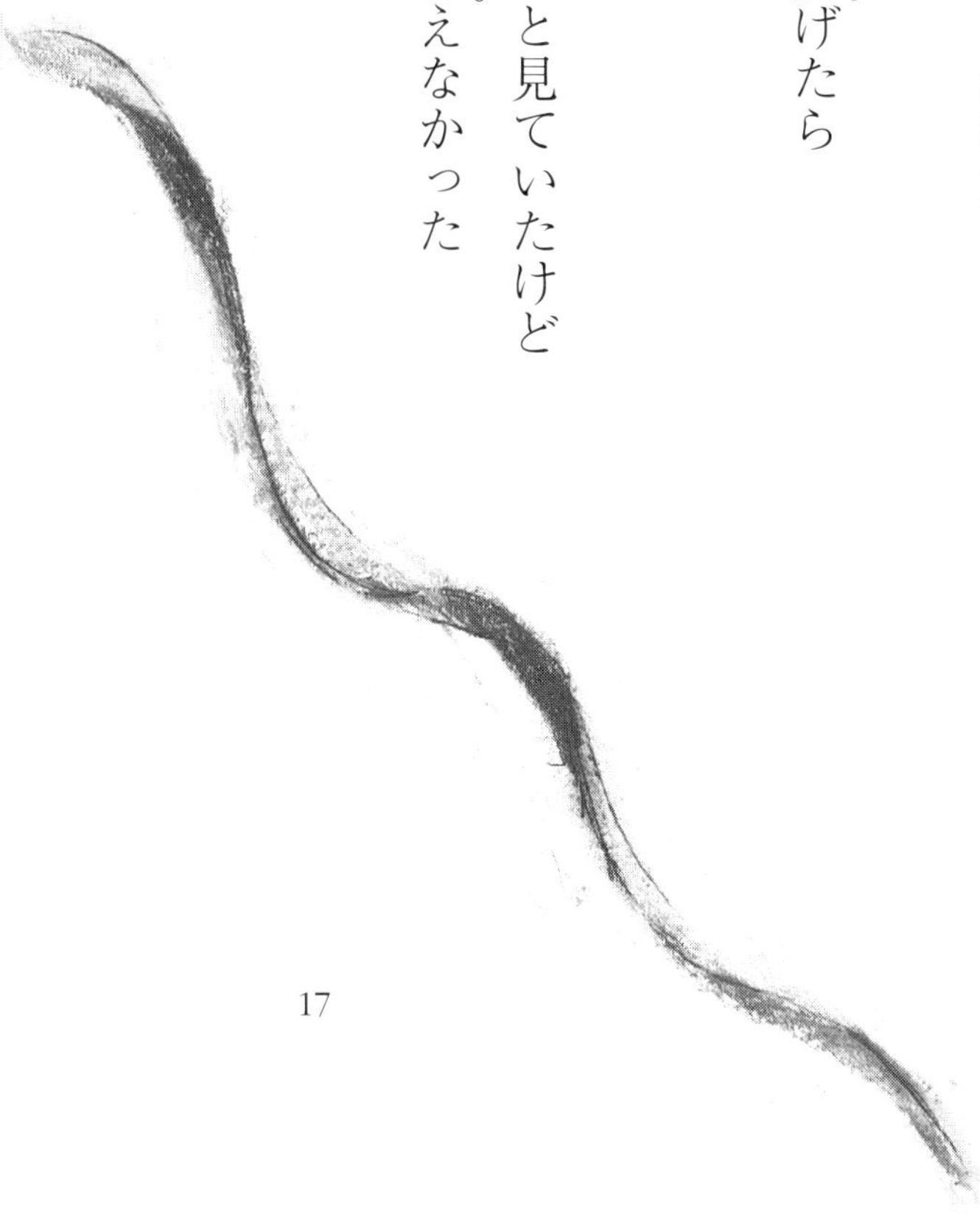

サンタさんに会《あ》えたら

サンタさんに会えたら
いっぱい聞《き》きたいことあるよ

ぼくの家《いえ》がここだって
どうしてわかったの？
くわしい地図《ちず》を持《も》ってるの？
おまわりさんに聞いたの？

クリスマスじゃない時《とき》は
どこに住《す》んでるの？
どんなお仕事《しごと》してるの？

ぼくが欲《ほ》しかった物《もの》
なぜ知《し》ってるの？
誰《だれ》かに聞いたの？

不思議《ふしぎ》が多《おお》すぎて
考《かんが》えてると寝《ね》られない

ママだけのサンタクロース

ママのところへは
サンタさん　来《き》てないみたい
だから
ママのために
ぼくがサンタクロースになってあげよう
ハンドクリームをプレゼントするんだ
冬《ふゆ》になると

手《て》が　ガサガサして痛《いた》そうだから
ママと手をつなぐ時《とき》
すべすべしてたほうが気《き》持《も》ちいいし

クリスマスまで
ナイショ　ナイショ
こっそり　おこづかいを貯《た》めてるよ
ママ　びっくりするだろうな

サンタさんに会《あ》いたいな

サンタさんがやってくる
イヴの夜《よる》はねむれない
うす目《め》をあけて待《ま》っている
耳《みみ》をすまして待っている
待っても待っても来《こ》ないんだもの
待ちくたびれて寝《ね》ちゃったよ

目をさましたらクリスマス
まくらもとにはプレゼント
ぼくのほしかったプラレール
サンタさんは　おみとおし
もすこし寝るのをがまんして
会《あ》いたかったな　サンタさん

心《こころ》のなかみ

レントゲンにも写《うつ》らない
心のなかみをのぞきたい
悪《わる》い　良《よ》い　強《つよ》い　弱《よわ》い　いろんな気持《きも》ち
私《わたし》の心をすみかにして
にらみあっているのかな
内視鏡《ないしきょう》にも写らない
心のなかみをのぞきたい

悲《かな》しい　楽《たの》しい　怒《おこ》る　笑《わら》う　いろんな気持ち
私の小《ちい》さな心の中《なか》で
ひしめきあっているのかな

左手《ひだりて》の手《て》ぶくろ

左手の手ぶくろ
今《いま》　どこにいるの？
メールしたくても
君《きみ》はケイタイ電話《でんわ》なんか持《も》ってないものね

右《みぎ》のポッケに右手の手ぶくろ
左のポッケに左手の手ぶくろ
絶対《ぜったい》入《い》れたはずなのに

いつのまにか左のポッケはカラッポだった
私《わたし》のお気《き》に入《い》りの手ぶくろ
うさぎの毛《け》のように
まっ白《しろ》で　ふわっとしてた
残《のこ》された右手の手ぶくろが寂《さび》しそうにしてる

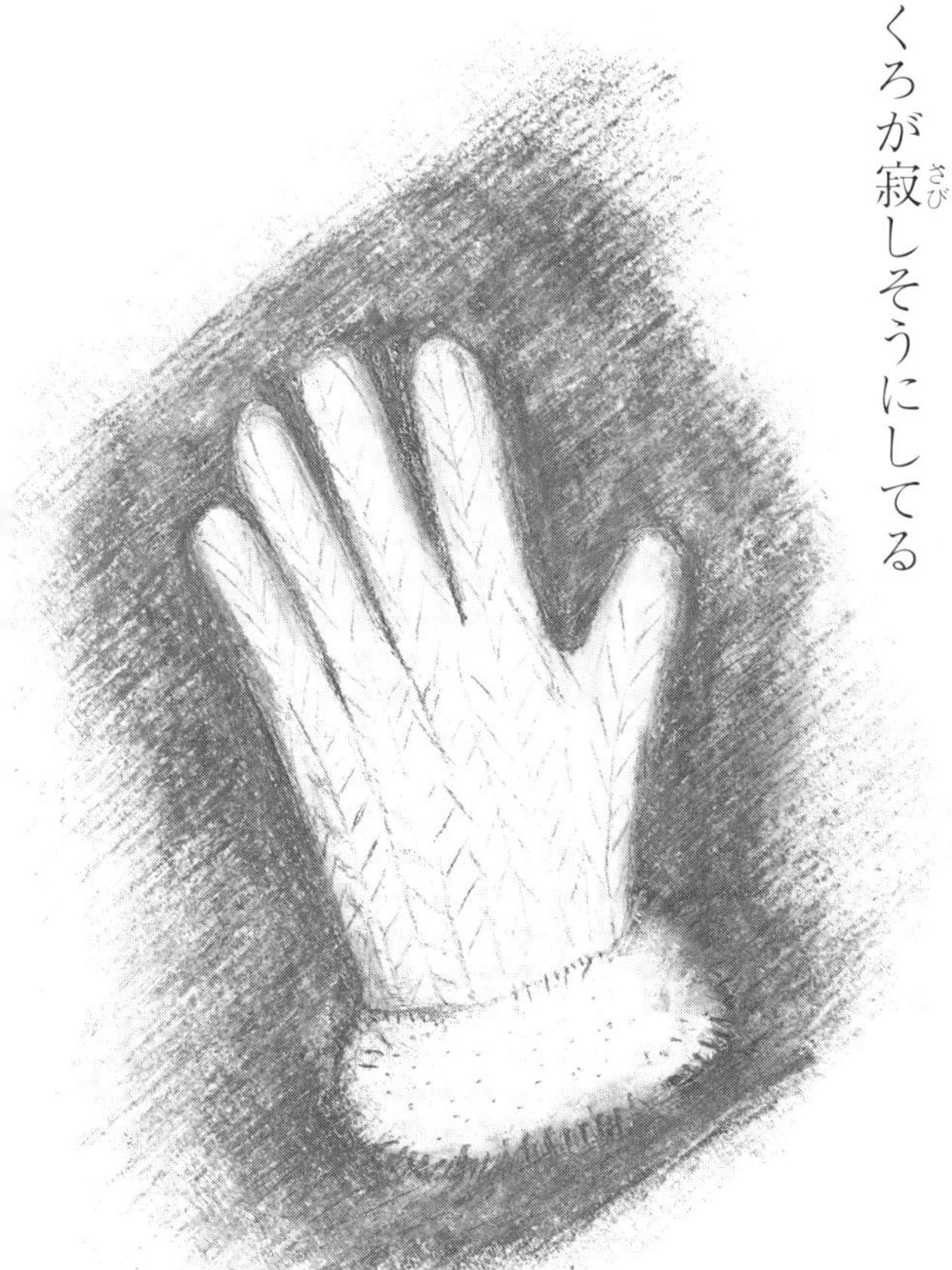

長《なが》ぐつのお出《で》まし

きのうの夜《よる》から降《ふ》り始《はじ》めた雪《ゆき》
朝起《あさお》きたら
もう三《さん》センチぐらい積《つ》もってた
ひさびさに長ぐつのお出ましだ
ゴム製《せい》で底《そこ》はギザギザのみぞ
すべらないし　雪も入《はい》らない

長ぐつをはいて
学校《がっこう》に向《む》かう
皮《かわ》ぐつで
おっかなびっくり歩《ある》いている人《ひと》たちを
追《お》い越《こ》して

まだ白《しろ》く平《たい》らな雪の上《うえ》を
キュッキュッと音《おと》させながら
長ぐつの足跡《あしあと》をつけていく

シュークリームのスワン

手《て》のひらを湖《みずうみ》にして
シュークリームのスワンを乗《の》せる
手の動《うご》きに合《あ》わせて泳《およ》ぐスワン
ひと泳ぎした後《あと》は
私《わたし》に食《た》べられる運命《うんめい》

さて
どこから食べようか？
ひゅるんとのびた頭《あたま》にぱくついたら
ふつうのシュークリームに変身《へんしん》

もう
スワンには戻《もど》れない

先生大好《せんせいだいす》き

明日《あす》は　バレンタインデー
大好きな先生に
プレゼントしたいチョコレート
ママに手伝《てつだ》ってもらって作《つく》った
ハート型《がた》のチョコレート
かわいいリボンでラッピング

今日《きょう》は　バレンタインデー
大好きな先生に
いつ渡《わた》そうかチョコレート
そっと　ポケットに入《い》れたまま
時々《ときどき》さわって確《たし》かめて
渡すチャンスを待《ま》っている

歩行者天国《ほこうしゃてんごく》

きょうは歩行者天国だ
いつもは歩《ある》けない
車《くるま》の道《みち》を歩けるよ
人間様《にんげんさま》のお通《とお》りと
道路《どうろ》のまん中《なか》
いばって歩く

疲《つか》れたら　ひとやすみ
レストランの椅子《いす》やテーブルだって
道路のまん中に陣取《じんど》ってる

赤《あか》や黄色《きいろ》に変《か》わっても
誰《だれ》にも見《み》てもらえない信号《しんごう》
退屈《たいくつ》そうにしているよ

できたらいいな

見《み》るのが大好《だいす》き
テレビの料理番組《りょうりばんぐみ》
あっというまに出《で》きあがり
ステキなうつわに　もりつける
ブラウン管《かん》にうつるゆげ
いいにおいがする感《かん》じ

出前《でまえ》ダイヤル
スイッチオン
「今《いま》　ゲストが食《た》べてる料理一人前《いちにんまえ》
出前してください」
「はい　三十分《さんじっぷん》以内《いない》にお届《とど》けします」

できたらいいな
こんなこと

一円玉《いちえんだま》の使《つか》いみち

まわりまわって
私《わたし》の財布《さいふ》にやって来《き》た一円玉
遠慮《えんりょ》がちに　おさまっている

一円で買《か》える物《もの》なんかないし
と　思《おも》ったら
一円の切手《きって》があった
消費税《しょうひぜい》を後《あと》から払《はら》う時《とき》も

案外《あんがい》　一円が活躍《かつやく》する
最後《さいご》の一円の位《くらい》まで
ぴったり払えた時は　うれしい

一円玉
いつも邪魔者扱《じゃまものあつか》いして　ゴメン
結構《けっこう》　役《やく》に立《た》っているのに
君《きみ》がいないと
困《こま》る時だってあるのに

こわいのに

ジェットコースターは
ゴットン　ゴットン
ビルの五階《ごかい》ぐらいまで　あがった
くるぞくるぞと思《おも》う間《ま》もなく
グワーンと地《ち》がさけるほどのごう音《おん》
まっさかさまに落《お》ちてくる

ギャーッと悲鳴《ひめい》が聞《き》こえる
人間《にんげん》が上《うえ》から降《ふ》ってきそうで
見《み》ている私《わたし》までギャーッと叫《さけ》ぶ

こわいなら乗《の》らなければいいのに！
でも
こわいのに
私も見ている

にらめっこ

かがみの私《わたし》と
にらめっこ
笑《わら》ったら負《ま》けよ
アップップー
ほっぺたをふくらませて
おたふく顔《がお》を作《つく》ったり

口《くち》をとんがらかして
ひょっとこ顔をしてみたり

たえきれなくなって笑ったら
かがみの私も笑ってた

かがみの私と
にらめっこ
勝《か》ち負けなしの
おあいこだ

自転車《じてんしゃ》がんばって

自転車《じてんしゃ》がんばって

おすもうさんが自転車に乗《の》ると
自転車も大変《たいへん》だ

サドルから
大《おお》きなおしりが　はみだしている
タイヤだって
地面《じめん》に　おしつけられて　ペッチャンコ

のっそり　のっそり走《はし》る自転車
〝重《おも》いだろうけど　がんばって！〟
心《こころ》の中《なか》で応《おう》えんしたよ

タイヤがかわいそう

ジャンボタクシーの横《よこ》に
おすもうさんが立《た》っている
大《おお》きいタクシーが小《ちい》さく見《み》える
乗《の》るのかな？　乗れるかな？

頭《あたま》をちぢめ
背中《せなか》も　まるめて乗り込《こ》んだ
おすもうさん二人《ふたり》

ぎゅうぎゅうづめだ
「まいったな」
タイヤが　ため息《いき》ついている

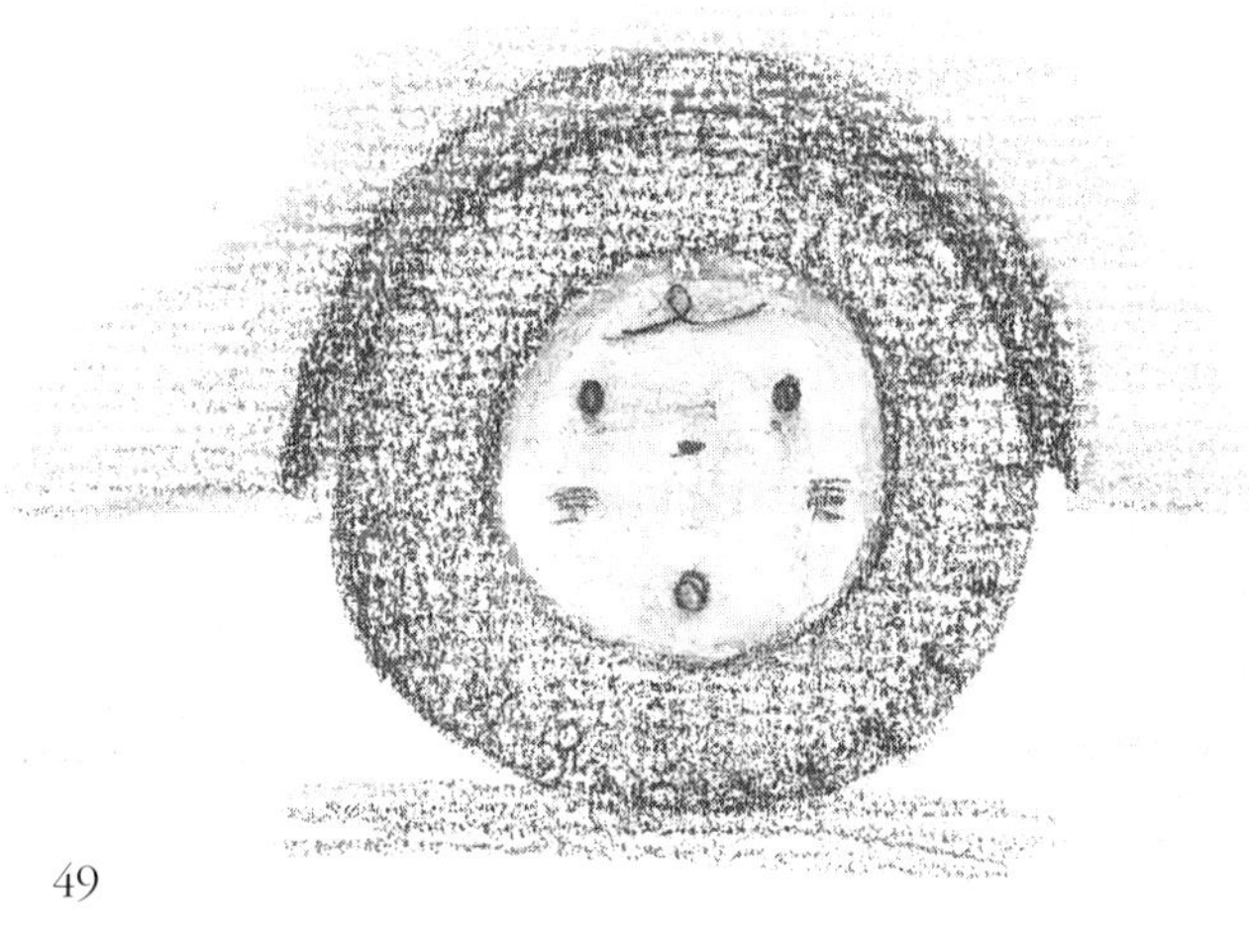

自転車《じてんしゃ》がほしい

おとなりのけんちゃんが
子供用《こどもよう》の自転車を買《か》ってもらった
どこへ行《い》くにも
自転車でスイスイ走《はし》っていく

ぼくだって自転車がほしい
とうさんにおねだりしたら
君《きみ》には立派《りっぱ》な二本《にほん》の足《あし》があるだろうって

買ってもらえなかった

ぼくの足は
丈夫《じょうぶ》で　かけ足が早《はや》くて
運動会《うんどうかい》では　いつも一等賞《いっとうしょう》
じまんの足だけど
自転車と競走《きょうそう》したら負《ま》けちゃう

やっぱり自転車がほしい

あまのじゃく

運動会《うんどうかい》の開会式《かいかいしき》
行進曲《こうしんきょく》に合《あ》わせて前進《ぜんしん》する

前《まえ》の人《ひと》の頭《あたま》を
まっすぐ見《み》る
姿勢《しせい》を正《ただ》す
右足《みぎあし》から　イッチニ　イッチニ
手《て》の振《ふ》り方《かた》まで同《おな》じ

何《なに》から何まで決《き》められて
耐《た》えきれなくなった　あまのじゃく
いまにも
後《うし》ろ向《む》きに歩《ある》き出《だ》しそう

あまのじゃくさん　お願《ねが》い
もう少《すこ》しの間《あいだ》　おとなしくしていてね
今《いま》は
じっとがまんしなくちゃいけない時《とき》なんだ

くやしい

けんちゃんはね
とっても　かけ足早《あしはや》いんだ
ぼくだって
一生懸命《いっしょうけんめい》　走《はし》るんだけど
いつも　負《ま》けてくやしい二等賞《にとうしょう》
運動会《うんどうかい》の時《とき》
休《やす》んでくれないかなって
思《おも》うよ

みよちゃんはね
とっても　習字《しゅうじ》が上手《じょうず》なの
ぼくだって
一生懸命　練習《れんしゅう》するんだけど
いつも　負けてくやしい銀賞《ぎんしょう》
そんな時
どこかに　転校《てんこう》してくれないかなって
思うよ

ふりをする

私《わたし》の顔《かお》を見《み》るたびに
勉強《べんきょう》しなさいとママ
いつも　いつも
他《ほか》に言《い》うことないのかな
しかたがないから
机《つくえ》に向《む》かって教科書《きょうかしょ》開《ひら》き
勉強しているふりをする

遊《あそ》びに行《い》こうとすると
宿題終《しゅくだいお》わった？　とママ
こわい　こわい
何《なん》でもかんでもお見通《みとお》し
終《お》わった　とは言えなくて
机に向かってマンガ読《よ》む
教科書読んでるふりをする

ハサミは　歩《ある》けない

「あしたの図工《ずこう》の時間《じかん》はハサミが必要《ひつよう》。忘《わす》れないように」
先生《せんせい》に言《い》われたけど
きのう
小包《こづつ》みのひもを切《き》るのに使《つか》った
そのあと
どこにおいたかしら？
机《つくえ》の上《うえ》　引出《ひきだ》し　いすの下《した》

なんど見返《みかえ》したかしれない
この間《あいだ》さがしてもなかったコンパス
赤《あか》ちゃんの時《とき》のなつかしい写真《しゃしん》
出《で》てくる　出てくる
今《いま》は　いらないものばかり

「おかあさん　私《わたし》のハサミ知《し》らない？」
聞《き》いてみたけど冷《つめ》たい返事《へんじ》
「ハサミに足《あし》がはえちゃったのかな？」

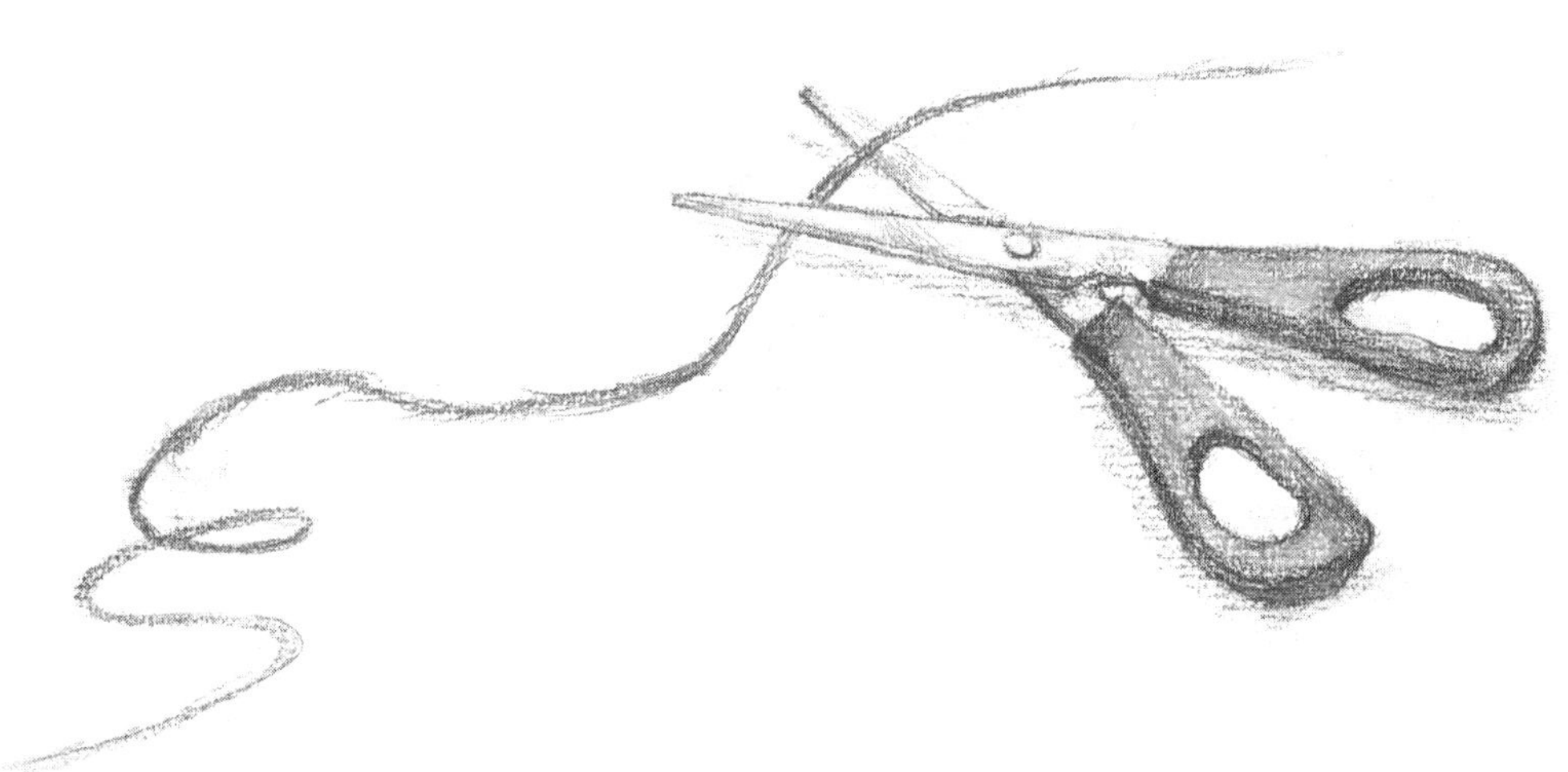

うそをついたら

うそをついたら　ドッキドキ
宿題《しゅくだい》していないのに
すんだと言《い》って　ドッキドキ
わかっちゃったかな　かあさん
遊《あそ》びに行《い》きたいんだ　ごめん

うそをついたら　ドッキドキ
ゲームをしてても　気《き》になって
負《ま》けてばっかり　ドッキドキ
遊んでいても　つまらない
帰《かえ》って宿題しようっと

きょう席《せき》がえをしたんだよ

きょう席がえをしたんだよ
大好《だいす》きな　けんちゃんが
となりの席になったんだ
話《はな》したいこと　いっぱいあったのに
うれしくって　ドキドキしちゃって
なーんにも　言《い》えなかった

きょうの給食《きゅうしょく》　カレーうどんだった
けんちゃんは　あっという間《ま》に食《た》べ終《お》わって
もっと欲《ほ》しそうにしてたから
私《わたし》の少《すこ》しあげたんだ
〝ありがとう〟と言われた時《とき》
なんだか恥《はず》かしくて下《した》を向《む》いちゃった

びょうきになると

びょうきになると
いいことあるんだよ
ちゅうしゃは　いたくていやだけど
ママが　とってもやさしくなるの
よるも
いっしょに　ねてくれる

びょうきになると
ママは　おしごとやすんでくれる
いちにち　ぼくのそばにいる
「ママ　ほんよんで」
「ママ　メロンたべたい」
ぼくが　いっぱいおねがいしても
「いそがしいから　あとでね」とか
「いまはだめ」なんて　いわないよ

おでこの体温計《たいおんけい》

わたしが　かぜを　ひいた時《とき》
ママは　おでこで　熱《ねつ》はかる
おでこと　おでこ　コツンコするの

コツンコ　すると　気持《きも》ちいい
ママの　おでこは　すーべすべ
おねがい　ずっと　くっつけていて

おでこの体温計が好《す》き

私《わたし》がうれしく思《おも》う時《とき》

かあさんが
うれしそうにすると
私はとってもうれしい
だから
いつも喜《よろこ》ばせたいと考《かんが》える
だから
何《なん》でもがんばっちゃう
勉強《べんきょう》も　スポーツも

お習字《しゅうじ》も　そろばんも

かあさんは
〝あなたのためよ〟と言《い》うけれど
私は
〝かあさんのため〟と思《おも》ってる

ママとお出《で》かけする時《とき》は

ママとお出かけする時は
ママのお支度《したく》できるまで
待《ま》ちどおしくて　しかたない

ママは鏡《かがみ》とにらめっこ
口紅《くちべに》の色《いろ》おかしくない？
ブラウスは似合《にあ》うかしら？

すてきすてきと答《こた》えながら
私《わたし》は時計《とけい》とにらめっこ
早《はや》く早くと　せかせます

グッドニュース

グッドニュースを話《はな》すと
かあさんは
にっこりして
目《め》が細《ほそ》い三日月《みかづき》になる
ほほえんでいる　かあさんは美人《びじん》だ
いつもより
もっと大好《だいす》きな　かあさんになる

テストで百点満点《ひゃくてんまんてん》もらった日《ひ》は
より道《みち》しないで　まっすぐ帰《かえ》る
早《はや》く
かあさんに見《み》せたくてしかたがないから
きっと
とびっきり喜《よろ》んでくれる

似《に》たもの親子《おやこ》

負《ま》けずぎらいで
ごうじょっぱりで
きかんぼう
いったい
誰《だれ》に似たんでしょうね
本当《ほんとう》に私《わたし》の生《う》んだ子《こ》かしら
時々《ときどき》
かあさん　なげきます

かあさんだって
がんこで
わからずや
私
かあさんに　そっくり
さすが　かあさんから生まれた子
ほんと
似たもの親子だよ

おまじない

あっついヤカンに
さわってしまった
かあさんのまねして
耳《みみ》たぶ　つかんだ
やけどにならない
おまじない
あついの　あついの　とんでいけ

机《つくえ》のひきだし　しめる時《とき》
うっかり指《ゆび》をはさんでしまった
かあさんのまねして
口《くち》に　ふくんだ
いたみを忘《わす》れる
おまじない
いたいの　いたいの　とんでいけ

かあさんのみかた

早起《はやお》きの苦手《にがて》なかあさんには
つよーいみかたがあるんだよ
タイマーつきの電気《でんき》がま
めざめるころには
ホカホカごはんのできあがり
寝《ね》ているあいだに
コトコト働《はたら》いてくれたんだ

夕方《ゆうがた》　大忙《おおいそが》しのかあさんには
うれしいみかたがあるんだよ
全自動《ぜんじどう》せんたく機《き》
食事《しょくじ》が終《お》わるころには
かんそうも終わってる
食《た》べてるあいだに
カタカタ働いてくれたんだ

背中《せなか》のこすりっこ

とうさんと
おふろにはいったときは
たがいに背中を　こすりっこ

とうさんの力《ちから》は強《つよ》いから
前《まえ》にたおれてしまいそう
両足《りょうあし》を踏《ふ》んばって
せいいっぱい胸《むね》をはる

とうさんの背中は
大《おお》きくてガッチリしている
ぼくの力は弱《よわ》いから
とうさんの声《こえ》がとんでくる
もっと強く　もっと強く
ぼくはいっしょうけんめい
ゴシゴシこする

最後《さいご》はお湯《ゆ》でながしっこ

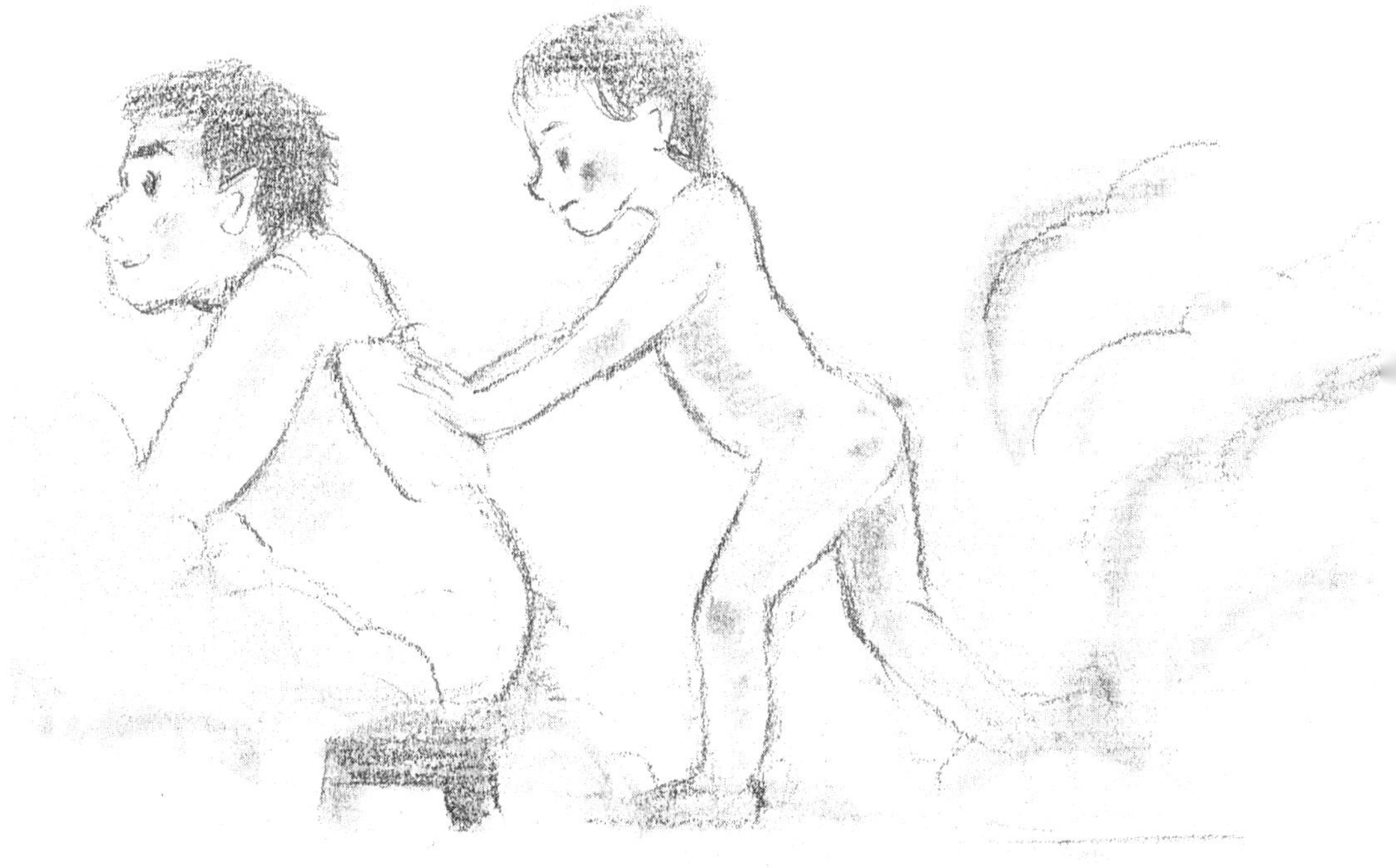

へそが茶《ちゃ》をわかす

私《わたし》が　ひょっとこ顔《がお》をしたら
兄《にい》ちゃんが　げらげら笑《わら》った
おなかをかかえて
笑いころげながら
へそが茶をわかす　と言《い》った

へそでわかしたお茶なんて
まだ飲《の》んだことがない
どんな味《あじ》が　するんだろう
飲んでみたいな
へそのお茶

お楽《たの》しみは最後《さいご》

ソーダ水《すい》に
ちょこんと浮《う》かんだ　赤《あか》いチェリー
ショートケーキの上《うえ》にのった
ストロベリー
プリンアラモードに
そえられたメロン
大好《だいす》きなフルーツは残《のこ》しておいて

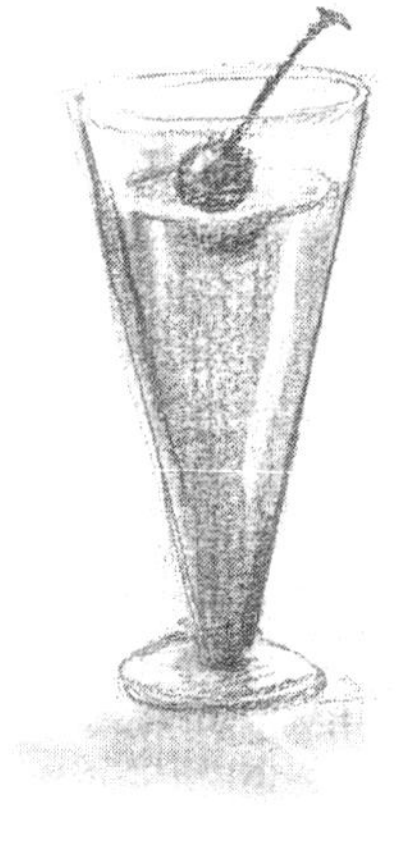

最後の最後に
おしみながら食《た》べる

おにいちゃんは
フルーツから先《さき》に食べるけど
私《わたし》は
うらやましそうに見《み》ているおにいちゃんを
横目《よこめ》で見ながら
ゆっくり食べる
おいしさが　二倍《にばい》になる

メガネとかくれんぼ

おばあちゃんのメガネは
かくれんぼ大好《だいす》き
おばあちゃんは　いつもオニ
かくれたメガネを一生懸命《いっしょうけんめい》さがす

いつまでも見《み》つからないと
おばあちゃんは
「メガネさがし用《よう》」のメガネを

持《も》って来《き》てさがす
机《つくえ》の上《うえ》　下《した》
ひきだしや冷蔵庫《れいぞうこ》の中《なか》　ゴミ箱《ばこ》まで

それでも見つからないと
私《わたし》も手伝《てつだ》ってあげる

ほーら　見つけた
おばあちゃんの頭《あたま》の上に　かくれてた

あとがき

「木曜会」という詩の教室の存在を知ったのが、ついこの間のような気がします。それまで詩というものを書いた事がなく、あまりにも遅い出発にあせったこともあります。その私がわずか五年の間に書きためた作品を、このような一冊の本にしていただく、もうそれだけで夢のようです。これはひとえに宮中先生、宮田先生をはじめ、たくさんの先輩たちのおかげです。感謝という言葉の他に自分の気持ちを表せません。特に宮中先生には手取り足取り公私に渡りお世話になっています。生まれたばかりの赤ちゃんが、やっとよちよち歩きができるようになったという次第です。

こどもの詩が書けないという私に、「あなたは子供みたいな人だから自分のことを書けばいいのよ」と、宮中先生に励まされました。この詩集は私そのもの「私ってこんな子なの」と、みなさんにおしらせしているようなものです。

一つでも二つでもお読みくださった方々の心に触れるものがあれば、この上なく幸せです。

最後に編集の西野真由美さんと画家のつるみゆきさんに心から御礼申し上げます。

二〇〇九年秋　　渡辺恵美子

詩・渡辺恵美子（わたなべ　えみこ）
1946年　静岡県生まれ
2004年　木曜会入会　現在会員
2006年　（社）日本童謡協会入会　現在会員
現在「インターネット木曜手帖」「ポエム・アンソロジー」「年刊童謡詩集こどものうた」その他に作品を発表している。

絵・つるみゆき
東京生まれ、東京学芸大学美術科卒。
絵本に『ふしぎなオルゴール』『ゆうやけいろのくま』（至光社）『風がはこんだクリスマス』『ピポともりのなかまのクリスマス』（サンパウロ）『ルネちゃんひっぱれ』『ルネちゃんおして』（くもん出版）などがある。

NDC911
神奈川　銀の鈴社　2009
96頁 21cm（空をひとりじめ）

ジュニアポエムシリーズ　198
2009年10月10日初版発行
本体1,200円＋税
空をひとりじめ
著　者　渡辺恵美子©　絵･つるみゆき©
シリーズ企画　㈱教育出版センター
発行者　柴崎聡・西野真由美
編集発行　㈱銀の鈴社 TEL 0467-61-1930　FAX 0467-61-1931
〒248-0005　鎌倉市雪ノ下3-8-33
http://www.ginsuzu.com
E-mail　info@ginsuzu.com
ISBN978−4−87786−198−8　C8092
落丁・乱丁本はお取り替え致します
印刷　電算印刷
製本　渋谷文泉閣

…ジュニアポエムシリーズ…

1 鈴木敏史詩集 宮下琢郎・絵 星の美しい村 ★☆
2 小池知子詩集 高志孝子・絵 おにわいっぱいぼくのなまえ ★☆
3 鶴岡千代子詩集 武田淑子・絵 白い虹 児文芸新人賞
4 楠木しげお詩集 久保雅勇・絵 カワウソの帽子
5 津坂治男詩集 垣内美穂・絵 大きくなったら ★
6 後藤れい子詩集 山本まつ子・絵 あくたれぼうずのかぞえうた
7 北村蔦子詩集 柿本幸造・絵 あかちんらくがき
8 吉田瑞穂詩集 吉田翠・絵 しおまねきと少年 ☒★◎
9 新川和江詩集 葉祥明・絵 野のまつり ★☆
10 阪田寛夫詩集 織茂恭子・絵 夕方のにおい ◆★☆○
11 高田敏子詩集 若山憲・絵 枯れ葉と星 ★☆
12 原田直友詩集 吉田翠・絵 スイッチョの歌 ★◎
13 小林純一詩集 久保雅勇・絵 茂作じいさん ◉★☆●◎
14 谷川俊太郎詩集 長新太・絵 地球へのピクニック ★◎
15 与田準一詩集 深沢省三・深沢紅子・絵 ゆめみることば ★
16 岸田衿子詩集 中谷千代子・絵 だれもいそがない村
17 江間章子詩集 榊原直美・絵 水と風 ◇◎
18 原田直友詩集 小野まり・絵 虹—村の風景— ★
19 福田正夫詩集 福田達夫・絵 星の輝く海 ★☆
20 草野心平詩集 長野ヒデ子・絵 げんげと蛙 ★☆○◇
21 宮田滋子詩集 青木まさる・絵 手紙のおうち ☆○
22 久保田昭三詩集 斎藤彬子・絵 のはらでさきたい
23 鶴岡千代子詩集 加倉井和夫・武田淑子・絵 白いクジャク ★●
24 尾上尚子詩集 まど・みちお・絵 そらいろのビー玉 ★☆ 児文協新人賞
25 水上紅詩集 深沢紅子・絵 私のすばる ☆
26 野呂昶詩集 福島一二三・絵 おとのかだん ★
27 こやま峰子詩集 武田淑子・絵 さんかくじょうぎ ☆
28 青戸かいち詩集 駒宮録郎・絵 ぞうの子だって
29 まきたかし詩集 福田達夫・絵 いつか君の花咲くとき ★☆♡
30 薩摩忠詩集 駒宮録郎・絵 まっかな秋 ★☆♡
31 新川和江詩集 福島一二三・絵 ヤァ!ヤナギの木 ★☆○♡
32 井上靖詩集 駒宮録郎・絵 シリア沙漠の少年 ★☆♡
33 古村徹三 詩・絵 笑いの神さま
34 江上波夫詩集 青空風太郎・絵 ミスター人類 ○☆
35 秋原秀夫詩集 鈴木義治・絵 風の記憶 ★◎
36 水村三千夫詩集 武田淑子・絵 鳩を飛ばす
37 久冨純江詩集 渡辺安芸夫・絵 風車 クッキングポエム
38 日野生三詩集 吉野晃希男・絵 雲のスフィンクス ★
39 佐藤雅子詩集 佐藤太清・広瀬きよみ・絵 五月の風 ★
40 小黒恵子詩集 武田淑子・絵 モンキーパズル ★
41 木村信子詩集 山本典子・絵 でていった
42 中野栄子詩集 吉田翠・絵 風のうた ☆
43 宮田滋子詩集 牧村慶子・絵 絵をかく夕日 ★
44 大久保ティ子詩集 渡辺安芸夫・絵 はたけの詩 ★☆
45 秋原秀夫詩集 赤星亮衛・絵 ちいさなともだち ♥

☆日本図書館協会選定
★全国学校図書館協議会選定
□少年詩賞　■茨城県すいせん図書
○厚生省中央児童福祉審議会すいせん図書
●日本童謡賞　♧岡山県選定図書
♡日本子どもの本研究会選定
♥秋田県選定図書
♣愛媛県教育会すいせん図書
◇岩手県選定図書
◆京都府選定図書
☒芸術選奨文部大臣賞
◉赤い鳥文学賞　◆赤い靴賞

…ジュニアポエムシリーズ…

46 日友靖子詩集 藤城清治・安西明美・絵 猫曜日だから ◆☆
47 秋葉てる代詩集 武田淑子・絵 ハープムーンの夜に ♡
48 こやま峰子詩集 山本省三・絵 はじめのいーっぽ ★♡
49 黒柳啓子詩集 金子滋・絵 砂かけ狐 ♡
50 三枝ますみ詩集 武田淑子・絵 ピカソの絵 ☆♡●
51 夢虹二詩集 武田淑子・絵 とんぼの中にぼくがいる ♡○♥
52 はたちよしこ詩集 まど・みちお・絵 レモンの車輪 □♧
53 大岡信詩集 葉祥明・絵 朝の頌歌 ★☆♡♥◎
54 吉田瑞穂詩集 吉田翠・絵 オホーツク海の月 ★☆♡
55 さとう恭子詩集 村上保・絵 銀のしぶき ★☆♡
56 星乃ミミナ詩集 葉祥明・絵 星空の旅人 ★☆♡
57 葉祥明 詩・絵 ありがとう そよ風 ★♡▲
58 青戸かいち詩集 初山滋・絵 双葉と風
59 小野ルミ詩集 和田誠・絵 ゆきふるるん ★☆●♡
60 なぐもはるき 詩・絵 たったひとりの読者 ★♡♧

61 小関秀夫詩集 小倉玲子・絵 風《かざ》栞《しおり》 ★♡♥
62 海沼松世詩集 守下さおり・絵 かげろうのなか ☆♡
63 山本龍生詩集 小倉玲子・絵 春行き一番列車 ♡
64 小泉周二詩集 深沢省三・絵 こもりうた ★☆♡
65 かわてせいぞう詩集 若山憲・絵 野原のなかで ♡★♥
66 えぐちまき詩集 赤星亮衛・絵 ぞうのかばん ♡◆♥
67 池田あきつ詩集 小倉玲子・絵 天気雨 ♡
68 藤井則行詩集 君島美知子・絵 友へ ♡♤
69 藤哲生詩集 武田淑子・絵 秋いっぱい ★♠
70 日友靖子詩集 深沢紅子・絵 花天使を見ましたか ★
71 吉田瑞穂詩集 吉田翠・絵 はるおのかきの木 ★
72 小島禄琅詩集 中村陽子・絵 海を越えた蝶 ★☆♡♥
73 にしおまさこ詩集 杉田幸子・絵 あひるの子 ★
74 山下竹二詩集 徳田徳志芸・絵 レモンの木 ★
75 高崎乃理子詩集 奥山英俊・絵 おかあさんの庭 ★♡

76 檜きみこ詩集 広瀬弦・絵 しっぽいっぽん ★●□☆♡
77 たかはしけいこ詩集 高田三郎・絵 おかあさんのにおい ♡♣□
78 星乃ミミナ詩集 深澤邦朗・絵 花かんむり ♥☆♡
79 佐藤照雄詩集 津波信久・絵 沖縄 風と少年 ☆♡★
80 相馬梅子詩集 やなせたかし・絵 真珠のように ♥★
81 小島禄琅詩集 深沢紅子・絵 地球がすきだ ★
82 鈴木美智子詩集 黒澤梧郎・絵 龍のとぶ村 ◇★♥
83 いがらしれいこ詩集 高田三郎・絵 小さなてのひら ☆
84 宮入黎子詩集 小倉玲子・絵 春のトランペット ☆★
85 下田喜久美詩集 方振寧・絵 ルビーの空気をすいました ☆
86 野呂昶詩集 方振寧・絵 銀の矢ふれふれ ★
87 ちよはらまちこ詩集 ちよはらまちこ・絵 パリパリサラダ ★
88 秋原秀夫詩集 徳田徳志芸・絵 地球のうた ☆★
89 中島あやこ詩集 井上緑・絵 もうひとつの部屋 ★
90 藤川こうのすけ詩集 葉祥明・絵 こころインデックス ☆

✲サトウハチロー賞　✣毎日童謡賞
☼三木露風賞
♤福井県すいせん図書
▲神奈川県児童福祉審議会推薦優良図書
♠奈良県教育研究会すいせん図書
❖北海道選定図書　✿三越左千夫少年詩賞
◈静岡県すいせん図書
◎学校図書館ブッククラブ選定図書

…ジュニアポエムシリーズ…

91 新井和詩集・高田三郎絵　おばあちゃんの手紙 ☆★
92 はなわたえこ詩集・えばとかつこ絵　みずたまりのへんじ ★●
93 柏木恵美子詩集・武田淑子絵　花のなかの先生 ☆
94 中原千津子詩集・寺内直美絵　鳩への手紙 ★
95 高瀬美代子詩集・小倉玲子絵　仲なおり ★
96 杉本深由起詩集・若山憲絵　トマトのきぶん ☆★◎ 児文芸新人賞
97 宍倉さとし詩集・守下さおり絵　海は青いとはかぎらない ♧
98 石井英行詩集・有賀忍絵　おじいちゃんの友だち ■
99 なかのひろ詩集・アサト・シェラ絵　とうさんのラブレター ☆★
100 小松静江詩集・藤川秀之絵　古自転車のバットマン
101 石原一輝詩集・加藤真夢絵　空になりたい ☆★
102 小泉周二詩集・西真里子絵　誕生日の朝 ☆■★
103 くすのきしげのり童謡・わたなべあきお絵　いちにのさんかんび ☆★
104 成本和子詩集・小倉玲子絵　生まれておいで ☆★♡♧
105 伊藤政弘詩集・小倉玲子絵　心のかたちをした化石 ★

106 川崎洋子詩集・井戸妙子絵　ハンカチの木 □★☆
107 柘植愛子詩集・油野誠一絵　はずかしがりやのコジュケイ
108 新谷智恵子詩集・葉祥明絵　風をください ☆●♡
109 金親尚子詩集・牧進絵　あたたかな大地 ☆
110 黒柳啓子詩集・吉田翠絵　父ちゃんの足音 ☆★♡□
111 富田栄子詩集・油野誠一絵　にんじん笛 ♡☆
112 原国子詩集・高畠純絵　ゆうべのうちに ☆
113 宇部京子詩集・スズキコージ絵　よいお天気の日に ☆○◇□★●
114 武鹿悦子詩集・牧野鈴子絵　お花見 ☆□
115 山本なおこ詩集・梅田俊作絵　さりさりと雪の降る日 ☆★
116 小林比呂古詩集・おおた慶文絵　ねこのみち ☆
117 後藤れい子詩集・渡辺あきお絵　どろんこアイスクリーム ☆
118 重清良吉詩集・高田三郎絵　草の上 ☆□◆★
119 宮中雲子詩集・西真里子絵　どんな音がするでしょか ★
120 前山敬子詩集・若山憲絵　のんびりくらげ ☆★

121 川端律子詩集・若山憲絵　地球の星の上で ♡
122 たかはしけいこ詩集・織茂恭子絵　とうちゃん ♡★♣
123 宮田滋子詩集・深澤邦朗絵　星の家族 ☆●
124 国沢たまき詩集・唐沢静絵　新しい空がある
125 池田あきつ詩集・小倉玲子絵　かえるの国 ★
126 黒田恵子詩集・倉島千賀子絵　ボクのすきなおばあちゃん ☆★♡
127 垣内磯子詩集・宮崎照代絵　よなかのしまうまバス ☆♡★
128 小泉周二詩集・佐藤平八絵　太陽へ ☆♡★●
129 中島和子詩集・秋里信子絵　青い地球としゃぼんだま ☆★
130 のろさかん詩集・福島一二三絵　天のたて琴 ☆
131 加藤丈夫詩集・葉祥明絵　ただ今受信中 ☆★
132 北原悠子詩集・深沢紅子絵　あなたがいるから ♡
133 池田もと子詩集・小倉玲子絵　おんぷになって ♡
134 鈴木初江詩集・吉田翠絵　はねだしの百合 ★
135 垣内磯子詩集・今井俊絵　かなしいときには ★

△長野県教育委員会すいせん図書　✡㈶日本動物愛護協会推薦図書

…ジュニアポエムシリーズ…

136 秋葉てる代詩集 やなせたかし・絵 おかしのすきな魔法使い ❀●★
137 青戸かいち詩集 永田萠・絵 小さなさようなら ❀★
138 柏木恵美子詩集 高田三郎・絵 雨のシロホン ♡★
139 藤井則行詩集 阿見みどり・絵 春だから ♡★◎
140 黒田勲子詩集 山中冬二・絵 いのちのみちを
141 南郷芳明詩集 的場豊子・絵 花時計
142 やなせたかし 詩・絵 生きているってふしぎだな
143 内田麟太郎詩集 斎藤隆夫・絵 うみがわらっている
144 しまざきふみ詩集 島崎奈緒・絵 こねこのゆめ ♡
145 糸永えつこ詩集 武井武雄・絵 ふしぎの部屋から ♡
146 石坂きみこ詩集 鈴木英二・絵 風の中へ ♡
147 坂本のこ詩集 坂本こう・絵 ぼくの居場所 ♡
148 島村木綿子 詩・絵 森のたまご ❀
149 楠木しげお詩集 わたせせいぞう・絵 まみちゃんのネコ ★
150 牛尾良子詩集 上矢津・絵 おかあさんの気持ち ♡
151 三越左千夫詩集 阿見みどり・絵 せかいでいちばん大きなかがみ ★
152 水村三千夫詩集 高見八重子・絵 月と子ねずみ
153 川越文子詩集 横松桃子・絵 ぼくの一歩 ふしぎだね ★
154 すずきゆかり詩集 葉祥明・絵 まっすぐ空へ
155 西田純詩集 葉祥明・絵 木の声 水の声
156 清野倭文子詩集 水科舞・絵 ちいさな秘密《ひみつ》
157 川奈静詩集 直江みちる・絵 浜ひるがおはパラボラアンテナ ★◎
158 若木良水詩集 西真里子・絵 光と風の中で
159 牧陽子詩集 渡辺あきお・絵 ねこの詩 ★◎
160 宮田滋子詩集 阿見みどり・絵 愛一輪 ★◎
161 井上灯美子詩集 唐沢静・絵 ことばのくさり ☆●
162 滝波万理子詩集 滝波裕子・絵 みんな王《おう》様《さま》 ★●
163 冨岡みち詩集 関口コオ・絵 かぞえられへん せんぞさん ★
164 垣内磯子詩集 辻恵子・切り絵 緑色のライオン ★◎
165 すぎもとれいこ詩集 平井辰夫・絵 ちょっといいことあったとき ★
166 岡田喜代子詩集 おぐらひろかず・絵 千年の音 ★☆◎
167 川奈静詩集 直江みちる・絵 ひもの屋さんの空 ★◎☆♥♡
168 鶴岡千代子詩集 武田淑子・絵 白い花火 ★☆
169 井上灯美子詩集 唐沢静・絵 ちいさい空をノックノック ★◎☆
170 尾崎杏子詩集 ひなた山すじゅう郎・絵 海辺のほいくえん ☆♡★◎
171 柘植愛子詩集 やなせたかし・絵 たんぽぽ線路 ☆♡★◎●
172 小林比呂古詩集 うめざわのりお・絵 横須賀スケッチ ☆★◎♡▲
173 林佐知子詩集 串田敦子・絵 きょうという日 ☆★◎♡▲
174 後藤基宗子詩集 岡澤由紀子・絵 風とあくしゅ ☆♥★◎♡
175 土屋律子詩集 高瀬のぶえ・絵 るすばんカレー ☆♡★◎▲
176 三輪アイ子詩集 深沢邦朗・絵 かたぐるましてよ ★☆♡
177 田辺瑞美子詩集 西真里子・絵 地球賛歌 ☆★◎
178 高瀬美代子詩集 小倉玲子・絵 オカリナを吹く少女 ☆♡
179 中野惠子詩集 串田敦子・絵 コロポックルでておいで ★♡☆●
180 松井節子詩集 阿見みどり・絵 風が遊びにきている ★☆♡▲

…ジュニアポエムシリーズ…

番号	著者	書名	記号
181	新谷智恵子詩集 徳田徳志芸・絵	とびたいペンギン	佐世保文学賞 ♡★◎▲
182	牛尾良子詩集 牛尾征治・写真	庭のおしゃべり	♡★◎
183	三枝ますみ詩集 高見八重子・絵	サバンナの子守歌	☆★
184	佐藤雅子詩集 佐藤太清 菊池治子・絵	空の牧《まき》場《ば》	☆★♡■◎
185	山内弘子詩集 おぐらひろかず・絵	思い出のポケット	♡★●
186	山内弘子詩集 阿見みどり・絵	花の旅人	♡★▲
187	原国子詩集 牧野鈴子・絵	小鳥のしらせ	♡★△◎
188	人見敬子詩・絵	方《はこ》舟《ぶね》地球号 ―いのちは元気―	♡★◎
189	林佐知子詩集 串田敦子・絵	天にまっすぐ	★☆♡◎
190	小臣富子詩 渡辺あきお・絵	わんさかわんさかどうぶつさん	✡♡★◎
191	川越文子詩 かまだちえみ・写真	もうすぐだからね	♡★◎
192	永田喜久男詩 武田淑子・絵	はんぶんごっこ	☆★◎♡
193	吉田房子詩 大和田明代・絵	大地はすごい	★◎♡
194	石井春香詩集 髙見八重子・絵	人魚の祈り	★♡
195	石原一輝詩集 小倉玲子・絵	雲のひるね	♡
196	たかはしけいこ詩集 髙橋敏彦・絵	そのあと ひとは	
197	宮田滋子詩集 おおた慶文・絵	風がふく日のお星さま	★♡◎
198	渡辺恵美子詩集 つるみゆき・絵	空をひとりじめ	
199	宮中雲子詩集 西真里子・絵	手と手のうた	
200	杉本深由起詩集 太田大八・絵	漢字のかんじ	
201	井上灯美子詩集 唐沢静・絵	心の窓が目だったら	
202	峰松晶子詩集 おおた慶文・絵	きばなコスモスの道	
203	高橋文子詩集 横松桃子・絵	八丈太鼓	

※発行年月日は、シリーズ番号順と異なり前後することがあります。

ジュニアポエムシリーズは、子どもにもわかる言葉で真実の世界をうたう個人詩集のシリーズです。本シリーズからは、毎回多くの作品が教科書等の掲載詩に選ばれており、1975年以来、全国の小・中学校の図書館や公共図書館等で、長く、広く、読み継がれています。

心を育むポエムの世界。

一人でも多くの子どもや大人に豊かなポエムの世界が届くよう、ジュニアポエムシリーズはこれからも小さな灯をともし続けて参ります。

銀の小箱シリーズ

葉 祥明 詩・絵　小さな庭
若山 憲 詩・絵　白い煙突
こばやしひろこ・詩　うめざわのりお・絵　みんななかよし
江口 正子・詩　油野 誠一・絵　みてみたい
やなせたかし 詩・絵　あこがれよなかよくしよう
冨岡 みち・詩　関口 コオ・絵　ないしょやで
小林比呂古・詩　神谷 健雄・絵　花かたみ
小泉 周二・詩　辻 友紀子・絵　誕生日・おめでとう
柏原 耿子・詩　阿見みどり・絵　アハハ・ウフフ・オホホ★♡▲

すずのねえほん

たかはしけいこ・詩　中釜浩一郎・絵　わたし★◎
尾上 尚子・詩　小倉 玲子・絵　ぽわぽわん
糸永えつこ・詩　高見八重子・絵　はる なつ あき ふゆ もうひとつ★児文芸新人賞
山口 敦子・詩　高橋 宏幸・絵　ばあばとあそぼう
あらい・まさはる・童謡　しのはられみ・絵　けさいちばんのおはようさん

アンソロジー

渡辺 浦人・編　村上 保・絵　赤い鳥 青い鳥
わたげの会・編　渡辺あきお・絵　花ひらく
木曜会・編　西 真里子・絵　いまも星はでている
木曜会・編　西 真里子・絵　いったりきたり
木曜会・編　西 真里子・絵　宇宙からのメッセージ
木曜会・編　西 真里子・絵　地球のキャッチボール★◎
木曜会・編　西 真里子・絵　おにぎりとんがった☆★◎
木曜会・編　西 真里子・絵　みぃーつけた♡★◎
木曜会・編　西 真里子・絵　ドキドキがとまらない